원효

원효

초판발행일 | 2018년 6월 30일

지은이 | 전기철
펴낸곳 | 도서출판 황금알
펴낸이 | 金永馥

주간 | 김영탁
편집실장 | 조경숙
인쇄제작 | 칼라박스
주소 | 03088 서울시 종로구 이화장2길 29-3, 104호(동숭동)
전화 | 02) 2275-9171
팩스 | 02) 2275-9172
이메일 | tibet21@hanmail.net
홈페이지 | http://goldegg21.com
출판등록 | 2003년 03월 26일 (제300-2003-230호)

값은 뒤표지에 있습니다.

ISBN 979-11-89205-04-1-03810

*이 책 내용의 전부 또는 일부를 재사용하려면 반드시 저작권자와 황금알 양측의
 서면 동의를 받아야 합니다.
*잘못된 책은 바꾸어 드립니다.
*저자와 협의하여 인지를 붙이지 않습니다.
*이 도서의 국립중앙도서관 출판예정도서목록(CIP)은 서지정보유통지원시스템
 홈페이지(http://seoji.nl.go.kr)와 국가자료공동목록시스템(http://www.nl.
 go.kr/kolisnet)에서 이용하실 수 있습니다. (CIP제어번호 : CIP2018018652)

원효

전기철 희곡집

황금알

작가의 말

우리의 최고 스승은 원효다.

원효는 종교인 이전에 인간에 대한 문제의식을 가졌고, 우리 민족 공동체에 대해 처음으로 고민한 분이다. 그분을 통해서 우리는 민족혼을 갖게 되었고, 우리 고유의 세계관을 갖게 되었다. 그것은 한 마디로 사랑이다. 세속적인 사랑이든 공동체의 사랑이든 우리 가슴 속 사랑의 정신에는 원효가 있다. 필자는 그것을 쓰고 싶었다. 사랑은 모든 것을 구원한다.

이 희곡을 쓰게 된 것도 원효 당대의 생생한 사랑의 정신을 있는 그대로 표현하고 싶은 욕구에서 출발하였다. 그만큼 불교적 신비감과 사랑의 위대함을 접목하려는 데에 초점을 맞췄다.

따라서 무대 지시를 세밀하게 하지 않았다. 연출가에게 보다 많은 자유를 주기 위해서이다. 우리의 모든 정신적 기틀이 원효에서 나왔다는 것을 다시 깨닫는다면 난세를 살고 있는 오늘날의 우리에게 많은 시사점이 있을 것이라 믿는다.

이 책이 나오기까지는 희곡작가 이강렬, 시인 김영탁 님의 도움이 컸다. 이 자리를 빌어 감사의 인사를 드린다.

2018. 4
저자

차례

제1막

1장 • 13

2장 • 25

제2막 • 43

제3막

1장 • 61

2장 • 82

등장인물

원효	황후	도둑 1, 2
요석공주	장군 1, 2	자객 1, 2, 3
대안스님	시녀 1, 2	장수
상좌	거지왕	백성들
승려 1, 2, 3	거지 1, 2	군사들
황제	도둑왕	그 외

줄거리

제1막 – 1장 : 사찰 축성 중인 빈터

① 백성들이 도탄에 빠졌다. 계속된 전쟁, 착취와 무지로 폐허가 된 신라. 백제와의 전쟁으로 남편을 잃은 요석공주와 신라의 백성들은 이 고난을 극복할 구원자를 기다린다. 그때 어디선가 빠르게 퍼지는 소문은 원효스님이 득도하였고, 그 신비의 힘과 구원에 대한 기대가 백성들 사이에 퍼져나간다.

② 원효의 수행과 고뇌. 열심히 수행하는 원효에게 꿈결과 같은 정령이 비치고. 원효는 수행을 하면서도 과연 무엇이 중생을 위하는 길인가 고민한다. 그리고 스님들을 통해 장안에 퍼지는 자신에 대한 소문을 듣고서는 과연 수행자, 수도승이 가야 할 길이 무엇인지 고민하면서 무언가 부족함과 또 다른 깨달음의 절실함을 느낀다.

제1막 – 2장 : 사찰

① 원효를 찾아오는 백성들, 그리고 요석공주. 원효를 가까이

보고 또 그의 설법을 듣는 요석공주는 원효에게 사랑을 느끼고 자신의 마음을 간접적으로 표현한다.

② 원효는 요석공주의 사랑 때문에 고민한다. 그리고 대안스님은 사랑의 무한한 가치를 노래한다.

③ 고민하던 원효는 지난날 자신이 무덤가에서 깨우침을 얻었던 일을 회상하고 마음을 정리한다.

제2막 : 황궁

① 황궁에서는 병사들이 전쟁준비에 한창이다. 황제는 군사들을 독려하면서도 전쟁 때문에 피폐해진 백성들과 요석공주를 걱정한다. 마침 황제는 군사들의 사기진작과 요석공주를 비롯하여 전쟁으로 상처받은 이들을 위한 위로의 자리를 마련하여 원효와 스님들이 황궁으로 온다. 요석공주의 원효에 대한 사랑을 알고 있는 황, 황후는 원효에게 불쌍한 요석공주를 부탁하고, 원효는 큰 사랑, 마치 구원자와 같이 요석공주의 사랑을 받아들인다.

② 사랑을 이루는 원효와 요석공주. 결국 원효는 요석공주를 여인으로서 사랑하게 된다.

제3막- 1장 : 마을

① 거리에서 거지, 도둑들과 만나는 원효. 거지 행색의 원효는 마치 파계한 듯 보인다. 원효는 자책에 시달리고, 거지들은 그를 알아보지 못하고 그를 공주와 놀아나다 파계한 원효 같다며 비아냥거린다. 원효는 거지들에게 무애가를 설파한다.

② 한편, 원효의 파계가 귀족사회와 불단의 큰 망신이라며 그를 제거하려는 자객들이 등장하고, 이를 안 요석공주가 장수를 보내 원효 시해를 막는다. 결국 도둑과 거지들의 도움으로 자객들의 원효 시해는 실패한다. 바가지를 두드리며 거지, 도둑들과 무애가를 부르며 무애무를 추는 원효. 이것이 원효의 바가지 춤이다.

제3막 - 2장 : 사찰

① 걸인들과 절에 온 원효. 거지들은 원효를 사찰에 팔 생각이다.

② 공주와 원효의 만남. 공주는 원효를 알아보고 사랑을 노래한다.

③ 큰 사랑을 이루는 원효와 요석공주.

무대

삼국시대의 시대성을 살리고 불교의 의례 또한 그 당시의 관례를 따랐으면 한다. 인물의 의상이나 사찰의 규모, 모양 등도 역사극처럼 시대성을 중시했으면 한다. 하지만 노래극, 혹은 오페라로 공연할 경우, 연출자가 자유롭게 언어나 복장, 사찰의 규모 등을 정할 수 있다. 주무대는 사찰이다. 황궁은 사찰을 그대로 사용하되 상징적으로만 꾸며도 된다. 마을은 사찰의 안마당을 쓴다. 또한 중간중간에 환타지적 요소가 있으므로 영상시설이 필요할 수 있다.

제1막

1장

사찰 축성중인 빈터.

어둠 속에 붉은 하늘. 횃불이 비치고, 그 곁엔 연기가 오른다. 저 멀리 누군가가 가야금을 타는 모습이 그림자로 비친다. 가야금 소리가 아득히 울린다. 하늘이 서서히 횃불과 함께 빨갛게 물들면, 붉은 빛 아래 움직이는 노역자들의 그림자.

붉은 대지 위에 술병을 든 채 거지 차림으로 앉아있는 이름 모를 승려. 술을 마시며 바가지를 두드린다.

승려   하늘이 핏빛이로다. 대지도 핏빛이로다. 죽은 백성
들의 원혼이 이 땅과 하늘을 물들이는구나. 나무아

미타불 관세음보살

노역자들(소리) 나무아미타불 관세음보살

백성들의 앓는 소리도 울리고 역설적으로 가야금 소리가 앓는 소리와
어울려 자못 비장한 느낌마저 들게 한다. 가야금 소리 스러지며

승려   해가 떠서 광명이 온누리에 비쳐도, 앞을 보지 못
           하는 중생은 광명을 보지 못하고 있구나. 그러나
           어리석은 중생이라도 앞을 보는 사람과 똑같이 광
           명의 이익을 받느니. 부처님의 지혜광명은 보지 못
           하더라도 누구나 그 공덕을 입으며 살아감이로다.

노역자들(소리) 나무아미타불 관세음보살

요석공주, 시녀와 함께 등장. 요석공주의 손에는 촛대가 들려 있고 시
녀는 향로를 들고 있다. 촛대 위의 촛불이 그녀들을 비춘다. 사찰을 상
징하는 종소리

공주   저 많은 노역자들은 무엇을 하고 있느냐.
시녀   불사를 크게 한다고 합니다.

공주   일을 할 사람들이 남아있더냐.

승려   짝 잃은 기러기 갈수록 서럽고, 사랑의 그리움은 죽음에 가까울수록 또렷한 것. 구름 같은 눈물방울, 불어내면 온통 터지면서, 그리움만 쌓이다가 촛농되어 떨어질 것을.

저만치 술을 마시고 있는 이름 모를 승려를 본 요석공주와 시녀는 멀리 떨어진다.

시녀   공주님, 황궁 밖으로 다니심을 삼가 하십시오. 요즘 저런 부랑아들이 너무 많습니다. 승려들조차 거지가 되었나 봅니다.

공주   이런 국난에 거지가 많이 생기는 것은 당연한 일. 참으로 안타까운 일이로구나. 나 역시 전쟁으로 모든 게 무참히 무너졌다. 남편을 잃은 후 하루하루가 고통스러운 날들인데……. 이제 희망은 부처님께 귀의하는 것일 뿐이다.

시녀   공주님, 어서 빨리 큰 깨달음을 얻었다는 원효 큰스님을 만나러 가야 해요.

공주   꿈속에서 만난 스님, 혹 원효스님은 아닐는지. 모습은 희미해도 살아있는 부처님 같았느니라.

시녀   지금 장안에는 원효 큰스님의 소문이 계속 꼬리를 물고 퍼지고 있답니다.

공주   그러나 소문만 무성할 뿐 빈말로 사람을 현혹할지도 모르는 일. 내 큰스님을 직접 보고 설법을 들을 것이니, 그가 정말 귀인이라면 내 마음에 사랑과 희망이 충만할 것이며, 거짓 스님이라면 내 육신은 절망만이 가득한 허울뿐일 것이다.

요석공주와 시녀 사라진다.

승려   (술에 취해서) 소문이 소문을 만들고 다시 소문이 꼬리를 문다. 난세에 영웅이 나타나는 법. 구원자가 나타날 때가 되었느니. 영웅도, 구원자도 모두 중생이 만드는 것인데. 가거라 가거라. 구원자에게 가거라, 못난 중생들아. (비틀비틀 술을 마시며 사라진다)

노역자들(소리) 나무아미타불 관세음보살

이어 황량한 폐허 위에 사찰 축성을 위해 노동하는 백성들의 그림자가 더욱 선명히 비친다. 노역을 하던 남녀백성들이 무대 위로 걸어 들어와 쓰러지듯 자리 잡는다. 백정의 숫자는 실제 공연에서는 줄여도 무방하다. (이하 동일)

백성 1   한해 걸러 전쟁이요

백성 2   한 달 건너 부역이요

백성 3   하늘도 무심타. 비 온 지는 얼마나 되었는지. 마른 하늘에 천둥 번개가 무엇이냐. 농사는 다 망치고

백성 4   낮에는 사찰축성, 밤이 되야 밭을 가네.

백성 1   애통하다 애통해. 어디로 갈거나. 집 잃고 남편 잃고, 아아 남은 것은 이 목숨일 뿐. 모진 목숨 차라리 죽을 것이오.

백성 2   젊은 남자 다 죽이고 이젠 어린아이 부녀자들까지 노역이라.

백성 3   누굴 믿고 살 것이오. 높으신 어른들은 너무 높아 우리를 보지 못하고

백성 4   도적놈들만이 우릴 보고 약탈하러 오는 세상

백성 1 하늘도 우리를 버렸구나.

합창 하늘도 우리를 버렸구나. 어찌 살거나, 어찌 살거나.

백성 5, 갑자기 호들갑스럽게 뛰어들어오며

백성 5 나타났답니다. 도사가 나타났답니다.

모두들 도사?

백성 5 어제 장에 갔더니 장터에 소문이 쫘 ~ 악, 퍼졌어요. 부처님이 나타났답니다.

백성 2 부처님이 도대체 뭐하는 것이여?

백성 1 지금 당신이 일하고 있는 이곳이 바로 부처님을 모시는 곳이잖소. 아니 그것도 모르고 이리도 힘들게 일을 하고 계셨나?

백성 2 그거야 높으신 양반들의 부처님이지. 내가 뭘 알고 했나. 아하. 그러니까 부처님도 귀족들의 부처님이지 우리와는 아무 상관없어.

백성 1 무식하긴, 그래서 이 난세를 끝내게 해 줄 불사를 일으켜 새로운 부처님을 모신다는 거 아녀.

백성 3	그런데 도대체 누가 깨달음을 얻었단 거요? 그 사람이 우릴 먹여 살려 준다고 합디까.
백성 5	해골바가지 물을 마시고 득도했다는데요.
모두들	(모두 놀란 표정으로) 으응, 해골바가지 물!
백성 5	그뿐인 줄 아시오. 무덤에서 잠을 잤답니다. 멀리 당나라 유학도 팽개치고 득도해서 신라로 다시 돌아왔대요. 이제 도사가 된 거래요. 그 부처 이름이 뭐라더라…….
백성 4	혹시 혹시 혹시 그 부처가 원효라는 스님 아니오?
백성 5	맞아. 그 이름 원효! 그분은 미천한 우리 얘기도 다 들어주시고, 우리에게 얘기도 들려주시고, 아마도 그분은 우리의 도사가 분명하니…….
합창	도사를 만나러 가자. 득도한 스님, 큰스님을 만나러 가자. 우리 얘기를 들어주신단다. 어둠 속의 한 줄기 빛처럼 우리에게 들려주는 귀한 말씀 들으러 가자. 원효스님은 구원자. 우리는 그분을 만나러 간다.

합창 소리와 함께 무대 서서히 어두워진다.

한 줄기 빛이 무대 가운데를 비추면 그 안에서 수행 중인 원효. 원효 주위에는 둥그렇게 빛이 나고 원효는 그 안에 고고하게 앉아있다.

원효　　　(목탁을 두드리며 염불) 지심 귀명례 삼계도사 사생 자부 시아본사 석가모니불[1] (반복)

목탁 소리를 멈추고 허공을 바라보는 원효. 갑자기 원효의 눈앞에 달의 정령이 날아든다. 원효가 두 손을 뻗어 정령을 잡으려 하지만 잡지 못한다. 정령의 춤과 함께 아름다운 여자가 달려와 원효의 주위를 돌며 춤을 춘다. 요석공주, 원효를 껴안는다. 원효 화들짝 놀라 깬다. 정령과 함께 사라지는 판타지 영상으로 보여줄 때는 아름다운 여자와 관세음보살상을 겹친다. (3분정도)

원효　　　또 그 꿈이로구나. 아아, 그 여인은 도대체 누구더냐. 번뇌 많은 세속을 아직도 버리지 못하였구나. (목탁을 더욱 크게 두드리다 작게 두드리다를 반복하며) 나무아미타불, 저에게는 다른 의지처가 없습

---

1) 지극한 마음으로 부처님께 돌아가 예배하옵니다. 삼계의 큰 스승이시고 모든 생명의 자비로운 어버이시여, 저희의 근본 스승이신 석가모니 부처님이시여

니다. 오직 부처님만이 저의 의지처입니다. 나무아

미타불 (반복)

독경 소리가 무색하게 점점 크게 들리는 웅성거리는 소리. 하늘빛이

붉게 물들고 까마귀 우는 소리도 들린다. 원효는 귀를 막는다.

원효   (두리번거리며) 이게 무슨 소리인가.

상좌 등장

상좌   (깍듯이 예의를 갖추며) 큰스님, 수행 중이시옵니까?

원효   여기 가부좌하고 꿈만 꾸고 있네. 하늘은 핏빛으로

붉고 온통 아수라[2]의 소리가 들리는구려.

상좌   꿈 속에서 무엇을 보았습니까?

원효   아름다운 여인을 보았네.

상좌   여인이요? 관세음보살님이 나타나셨군요!

원효   너무 희미해 모습은 생각나지 않아도 매일 꿈에 나

---

2) 싸움을 일삼는 귀신

타나 나를 괴롭히네. 가련한 중생이로다. 그나저나 이 웅성거리는 소리는 무엇인가. 내 마음이 이리도 불편한 것을 보면 꼭 억만 영겁 지옥불 속에 있는 것 같구려.

상좌 희망을 잃은 중생의 고통스러운 외침인 줄로 압니다.

원효 중생의 소리? 그게 무슨 말이요. 온 천지에 울부짖는 소리가 바로 중생이 울부짖는 소리라니?

상좌 요즘 탁발도 힘듭니다. 굶어 죽는 백성이 사방에 널렸고, 먹을 게 없어 도적이 되는 중생도 많습니다. 나무아미타불 관세음보살!

원효 나무 관세음보살! 무릇 불제자가 가야 할 길이 무엇인가. 내 어찌 이 자리에 앉아만 있는가. 중생의 마음을 모르면서 불도를 깨우친다 말할 수 있는가. 탁발로 먹고사는 수도자가 중생의 공양을 받으면서 중생의 아픔을 나 몰라라 했구나. 대승3)의 본질은 중생의 마음인데, 내 중생과 이리 떨어져 있으

---

3) 널리 인간의 전반적 구제를 목표로 한 教法

면서 어찌 부처의 길을 간다고 할 수 있는가.

승려1 등장

승려 1 (예를 갖추며) 소문 들으셨습니까. 원효스님에 대한 소문이 거리에 넘쳐나고 있습니다.

원효 내 소문이?

승려 1 그렇습니다. 소문이 이 거리 저 거리로 빠르게 퍼져 저희 사찰에까지 전해지고 있습니다.

상좌 저도 들었습니다. 어린 아이들조차 큰스님의 구원력을 노래하고 있습니다.

원효 도대체 나의 어떤 소문이오?

상좌 귀하신 수도자의 몸으로 무덤가에서 해골바가지 물을 마시고, 시체들과도 잠을 자고, 병든 자를 일으킨다는 큰스님에 대한 소문입니다. 백성들에게 그 소문은 마치 신의 계시가 내린 양 퍼져나가고 있습니다.

원효 일생동안 중생을 속여서, 하늘에 넘치는 죄업은 수

미산[4]보다 크구나. 산채로 무간지옥[5]에 떨어져 그 한이 만 갈래나 되는구나. 미천한 백성들이 부처님의 가르침을 어찌 알까. 평생을 부처님에 귀의해도 진리의 길은 멀고 험한 길이거늘……. 득도 해탈이 저 앞에 있다 하여도 손에 쥘 수 없는 게 수행이거늘, 아, 어리석고 어리석구나.

승려1 장좌불와[6], 면벽수도[7], 밤을 새우는 독경 소리가 들린다 해도 도로아미타불이거늘!

원효 불여일심(佛如一心)이라. 모든 것이 하나라 하나이고, 둘도 하나이니…….

승려1 그것을 알고 실천하기 위해서는 공부를 게을리하지 말라 했습니다.

원효 경전을 열심히 읽고 경전에 나타난 진리의 이치를 잘 알아야 해.

승려 1 싸움은 싸움으로 막을 수 있지요. 싸우는 자는 싸우는 자 속에서 고요함을 느낄 수 있어야 합니다.

---

4) 세계의 중심에 솟아있다고 하는 불교적 세계관의 중심 산
5) 고통이 가장 심한 지옥
6) 長坐不臥, 눕지 않고 오래도록 앉아 서서만 하는 수행
7) 面壁修道, 세상과 떨어져 벽만 보면서 자아에 심취하는 수행법

원효   그러나 여기 사찰 안에 틀어박혀 찬양을 받으면 무
          엇 하나. 그들은 부처의 이름도 모르며, 감히 내 곁
          으로 오지도 못하니, 내 그들에게 무엇을 해줄 수
          있을 것인가. 일찍이 거리에서 대중들을 포교하는
          스님들도 있건만, 면벽수도, 참선이 무슨 소용이
          랴. 그들이 내 말을 듣지 못하니…….

상좌 · 승려1 나무아미타불!

원효   (가부좌하고 앉아 목탁을 두드린다. 목탁소리 2장까지
          계속 이어진다)

2장

사찰.

한국적인 절. 탑이 있고, 2층의 웅장한 절. 목탁소리와 독경 소리가 들
린다. 대웅전은 2층으로 지어졌다. (모형이어도 됨) 2층엔 원효가 가부

좌로 앉아 목탁을 두드린다. (원효가 보이지 않아도 무방하다) 아래층으로는 승려들과 백성들이 있다.

백성 1   전쟁으로 모든 것을 잃었으니

백성 2   집도 잃고 가족도 잃었소.

백성 3   이제 우리는 의지할 곳도 없는

백성 1   오갈 데 없는 외톨이들

백성 2   원효 스님이 부처의 깨달음을 얻어

백성 3   불쌍한 우리들을 구원해 줄 수 있다 하니

백성 1   그분께 구원을 청합시다.

백성들   모든 것을 잃고 의지할 곳도 없는 우리 신세, 거칠고 험한 세상, 고통과 질병이 가득한 세상, 누굴 믿고 살 것인가. 사랑과 희망을 잃은 가여운 백성들을 구원해 주소서. 구원해주소서!

상좌   원효 스님은 깨달음을 얻어 지혜가 하늘을 찌르니 배고프고 아픈 이들을 치료할 것이오.

승려 1   원효 스님은 해골바가지 물을 마시고

승려 2   무덤속에서 주무시며 시체와 함께 잠을 자도

승려 3   흔들림 없는 높으신 도를 닦으신 분이라네.

승려 1　　아무리 아름다운 여인이라 해도

승려 2　　원효 스님의 마음을 사로잡을 수 없고

승려 3　　세상이 머리를 조아리는 황제라 해도

승려 1　　원효 스님의 지혜를 능가할 수 없으며

승려 2　　지옥에서 온 아귀조차도 머리를 숙인다네.

승려들　　해골바가지 물을 마시고 시체와 잠을 자며 벌레들의 말을 들을 수 있는 분, 해골바가지 물을 마시고 무덤에서 잠을 자도 흔들림이 없다네. 아름다운 선녀의 유혹에도 황제의 명령에도 마음이 흔들리지 않는다네. 높으신 분, 도를 깨친 분, 돌부처도 고개를 숙인다네.

백성·승려들　　사랑과 희망을 잃고 번뇌만이 가득한 세상, 흔들림 없는 마음으로 어둠을 밝히소서. 큰사랑을 베푸소서. 지극한 마음으로 자비를 베푸소서!

공주와 시녀 등장한다. 둘은 대웅전을 향해서 합장한다.

상좌　　(합장으로 예를 갖추며) 나무아미타불! 보살님, 어떻

게 오셨는지요?

공주　　원효스님을 뵈러 왔습니다.

상좌, 공주님께 예를 갖춘다.

시녀　　아름다운 우리 공주님을 몰라보시다니……전쟁으로 사랑하는 분을 잃으셨어요.

상좌　　(예를 갖추고) 아미타불! 세상은 온통 고통의 지옥이지요.

시녀　　불쌍한 우리 공주님 구원해 주실 분은 어디 계시나요.

상좌　　나무아미타불! 우리 절의 큰스님 원효 스님은 모든 것을 꿰뚫어 보시지요.

공주　　남편 잃고 방황하는 아픈 마음을 달래고 싶습니다.

상좌　　스님의 큰마음으로 감싸줄 수 없는 게 없답니다.

공주　　우리 큰스님!

시녀　　높으신 어른!

합창　　우리들을 구원하소서! 살아 있는 부처님! 원효 스님!

시녀　　사랑을 잃은 우리 공주님을 구원해주소서!

합창　　구원해 주소서! (반복)

시녀　　공주님의 아픈 마음이 위로를 받을 수 있을까요.

상좌　　사랑때문에 병든 마음은 어딜 가나 아프답니다.

시녀　　사랑을 잃은 우리 공주님이 다시 사랑할 수 있도록
　　　　　　할 수 있을까요.

상좌　　공주님께 부처님의 자비가 있으시길!

공주　　어떻게 하면 마음의 병을 고칠 수 있을까.

상좌　　큰 사랑을 베풀어 주시리라 믿습니다.

시녀　　그렇다면 아픈 사랑도 쓰다듬어 주나요.

상좌　　사람을 살리는 사랑을 줍니다.

합창　　사람을 살리는 사랑 (반복)

공주　　전쟁이 일어나면 여자들은 사랑하는 사람을 잃는
　　　　　　답니다.

시녀　　사랑을 잃은 여인네들을 어느 누가 구원해 줄 수
　　　　　　있을까.

합창　　높으신 덕과 지혜를 갖춘 부처님이라네. 해골바가
　　　　　　지 물을 마시고, 귀신과 잠을 자는 원효 스님이라
　　　　　　네.

공주	잃어버린 사랑을 다시 얻을 수 있을까.
시녀	사랑은 무지개처럼 가슴을 빛나게 한답니다.
상좌	원효 큰스님은 우리를 구원해 주실 분, 세속에 물들지 않고 모두를 위해 극락을 준비하고 계신답니다.
공주	사랑의 아픈 마음은 어느 누가 위로해 줄까.

대웅전 2층에서 목탁소리와 함께 원효가 염불하는 소리가 들린다.

원효	(소리) 마음이 고요하면 사랑의 욕망은 보이지 않는다. 티 없는 마음에서는 세상이 맑고 깨끗하니 사랑에 마음을 빼앗기지 않는다. 내가 있다고 생각하지 마라. 잔잔한 바다처럼 마음에 티끌이 없어야 마음속에서 꽃이 핀다.
상좌	세상을 구하는 큰스님의 법어랍니다. 원효 큰스님은 도통을 해서 죽은 자도 일어서게 하고 병든 자도 낫게 하며 별도 따고 달도 딸 수 있는 신통함이 있답니다. 그분만이 전쟁으로 고통 받고 사랑을 잃은 이들의 마음의 병을 고칠 수 있습니다. 아미타불!

공주는 원효의 염불 소리를 듣고 얼굴을 만지며 환히 웃는다.

공주의 아리아

> 아침 창문에서 우는 새 소리에도
>
> 사랑이 묻어 있고
>
> 산사에서 울려오는 풍경소리에도
>
> 임의 두근거리는 발걸음 소리 들리는데
>
> 방안에서 외롭게 혼자 우는
>
> 여인의 마음
>
> 방문을 넘어 멀리멀리 간다네
>
> 사랑을 찾는 여인의 마음이여!

합창　지체가 높으면 더 외롭고

　　　학식이 많아도 쓸쓸하며

　　　절간에 갇혀 있는 스님은 더욱 외롭다네.

공주　내 마음 붙들어 줄 이 없어 밤마다 머리를 쥐어짠

　　　지 몇 밤인가.

시녀   궁중 속 외로운 마음이야 누가 알까. 새들은 담 밖
        으로 훨훨 날아가는데 치마폭에 싸인 정열은 감추
        기 힘이 드네.

원효가 장삼을 걸치고 느린 걸음으로 2층에서 내려온다. 근엄한 표정
을 하고 있다. 세 사람이 합장으로 예를 갖춘다.

원효   인간의 마음은 뜬구름 같은 것, 사랑에 속고 재물
        에 속으며 권력에 속나니, 세상에 쫓기면 마음은
        늘 편안할 날이 없으리.

상좌   모든 걸 비추는 달빛처럼 큰스님의 말씀이 우리를
        구원할 것입니다.

시녀   사랑의 물결이 일면 바다는 금세 파도가 치고, 달
        빛은 사랑의 나무 아래를 비출 수 없으니 무엇으로
        사랑의 물결을 잠재울 수 있을까.

공주   마음에 이미 사랑의 색깔이 입혀져 있는데 어떻게
        무색으로 만들 것이며 사랑의 그림자가 드리워져
        있는데 달빛이 비춘들 그 그림자가 지워질까.

원효, 공주를 발견하고 합장하며 예를 갖춘다.

원효　　어떻게 이렇게 누추한 곳을 찾아오셨습니까.

공주　　(수줍은 표정과 기쁜 표정이 교차하며) 전쟁으로 인심이 흉흉하고 대궐 안이 뒤숭숭하여 스님께 법문을 청하러 왔습니다.

코러스　　공주는 원효 스님을 본 순간 사랑에 빠졌다네. 한번 싹튼 여자의 사랑은 아무도 말리지 못하네. 사랑은 싹트면 장마철 호박순보다 빨리 자란다네.

공주　　외로운 이 마음에 사랑을 베푸소서. 여인네는 그것이 곧 법문이랍니다.

모두 (합창) 외로운 여자의 사랑을 말릴 수 없으리

원효　　부처님의 말씀이 곧 사랑입니다.

상좌　　법문 한 구절 한 구절마다 큰 산 같은 공덕이 있나니

원효　　업보를 끊으면 새 삶을 얻으리라.

공주　　사랑을 찾는 여인을 구하소서!

원효　　사랑은 마음의 욕심에서 나온 것

공주　　사랑이 없으면 세상이 암흑이요

시녀   법문도 뜬구름 같은 것

원효   세속의 마음은 늘 아픈 것

상좌   불경을 읽으면 마음이 편하리라.

공주   사랑으로 얼룩진 여인은 불경도 한낱 문자에 불과
하다네.

원효   부처님의 말씀으로 그대를 가련히 여깁니다.

시녀   공주님의 사랑을 찾아 주소서!

상좌   큰스님, 전쟁으로 잃은 사랑 큰마음으로 구원하소
서!

원효   세속의 사랑은 꿈과 같은 것, 뜬구름처럼 바람만
불어도 날아갑니다.

공주   스님의 높은 공덕을 익히 듣다가 산란한 맘을 견딜
수 없어 구원을 얻으려 예까지 왔습니다. 스님의
설법을 들으면 뜬구름이 걷히리니 부디 오셔서 이
몸을 살리소서!

원효   사랑을 버려야 사랑이 오고, 세상을 버려야 세상이
보입니다. 궁중에 이는 전쟁의 기운을 부처님의 말
씀으로 가라앉히리라.

환한 표정의 공주와 시녀가 예를 갖추고 나간 후 머리칼이 허연 대안
대사가 들어온다. 원효, 대안대사에게 합장한다.

원효   나무아미타불!

대안   나무아미타불!

상좌   나무아미타불!

원효   어인 발걸음이십니까?

대안   제대로 쌓지 못한 둑은 물이 새게 되어 있고, 썩어
        가는 나무는 꽃을 피울 수 없으니 하늘에 구름이
        끼었다고 탓하지 마라. (주변을 한번 둘러보고는) 원
        효 스님의 높은 덕은 온 나라에 자자하니 시끄러운
        세상을 구하시오.

원효   세상이 아무리 뒤숭숭하다 해도 찻잔 속의 태풍이
        요, 마음이 고요하면 전쟁도 한낮 골목 속 장난이
        지요.

대안   여자의 애절한 사랑을 조심하시오. 한번 사랑의 마
        술에 걸리면 도로아미타불이 되오. 여인의 사랑은
        부처님의 지혜보다 교묘하오.

원효   여자의 하소연이 아무리 날카롭다 하지만 도를 닦

는 이 가슴을 흔들어 놓을 수는 없습니다.

대안   아무리 지혜가 높다 하나 여인의 마음에 한번 꽂히면 헤어나올 수 없는 지옥이라오.

상좌   아름다운 지옥!

합창   아름다운 지옥! (반복)

원효   모든 게 마음에 있으므로 흔들림은 없습니다.

대안   책 속에는 길이 없고 마음도 없는데 스님은 책 속에서 마음을 찾으니 뜨거운 광풍을 만나면 책장처럼 찢어지지 않는다고 장담할 수 있겠소?

상좌   대안 스님, 우리 원효 스님은 날마다 경전을 연구하여 책장을 꿰뚫었으니 어떤 악귀라도 마음을 혼란케 할 수 없을 것입니다.

원효   책은 허울이고 마음이 책장이니 어떤 광풍이라도 흔들림이 없을 것입니다.

그때 밖에서 전쟁의 아우성이 들린다. 울부짖는 소리도 들린다. 상좌가 밖을 내다보고 와서는 원효에게 다가간다.

상좌   스님, 밖에는 전쟁으로 아버지를 잃은 아이들과 남편을 잃은 여인네들의 울음소리가 거리를 메우고 있습니다.

대안   어지러운 세상에서 가장 아픈 이는 사랑하는 이를 잃은 여인이라네.

상좌   사람들은 이미 집을 잃었고

대안   아버지를 잃었고, 남편을 잃었고

상좌   꿈조차 잃었다네.

코러스   해골바가지 물을 마시고 귀신과 잠을 자고 지옥에서 사람을 건지는 스님이여, 두려움 없는 마음이여, 메마른 땅바닥을 적셔 주시는 단비여! 세상이 하소연하네.

대안의 아리아

화엄의 세계에서는 모든 게 하나이며

하나가 모든 것이니

목마른 사랑에 단비를 내릴 것이며

헐벗은 사람을 껴안아야 하리

사랑하는 이여!

사랑하는 이여!

그대의 손길이 닿는 곳에 장엄한 세계가 열리리

암흑의 지옥이라도

깨달으면 천국이니

구원의 손길을 기다리리

울부짖는 거리의 피투성이여!

따뜻한 팔이 그대들을 품으리라.

원효 마음조차 없는 곳에 사랑이 있고, 그리움이 없는 곳에 평화가 있다.

상좌 책 속에 진리가 있고 모든 것은 마음에 달려 있으니 어떤 유혹인들 견딜 수 있으리라.

대안 모두를 구원하소서!

상좌 구원하소서!

합창 구원하소서!

원효 마음을 버렸으니 무엇이 두렵겠습니까.

합창 바람이 그물에 걸릴 것이며 커다란 바위가 흐르는 물을 막을 수 있을까. 뱀의 독이 바다를 더럽힐 수 있겠는가. 순수한 물은 결코 더럽혀지지 않으니 큰 스님의 높은 공덕 막을 수 없네. 여인의 사랑은 홍

수처럼 막을 수 없는 것. 그리움을 이겨낼 수 있을
까. 사랑도 발심이라 한번 먹은 마음 꺾기 힘드네.

모두들 합장하고 사라진다. 무대에는 원효만이 남는다. 원효의 주위를
둘러싸고 무대 어두워진다. 다시 경전을 읽는 원효.

원효　　　중생의 마음이 곧 진리이며, 불타의 지혜는 모양을
　　　　　떠나 마음의 원천으로 돌아가고, 지혜 또한 완전히
　　　　　하나 아니던가.

한 줄기 바람이 들어와 책장을 넘긴다. 그 바람과 함께 들어오는 달의
정령과 요석공주. 그들은 원효의 주위를 맴돌며 춤을 춘다. 아름다운
춤. 공주는 원효에게 손을 뻗치나 원효 망설인다. 공주 점차 괴로운 듯
한 춤사위로 바뀐다. 그런 공주를 보고 같이 괴로움을 느끼는 원효. 결
국 공주는 손을 뻗은 채 고통으로 뒤틀리며 원효는 그 손을 잡고 같이
사라진다.
판타지 장면 전환. 이어 몰아치는 비바람. 번개 천둥소리. 비를 맞고
뛰어오는 원효 (과거의 원효) 주위는 온통 어둠이다. 굳은비를 피하여
길가의 무덤가로 피하여 거친 숨을 내몬다. 원효, 옆에 물이 있어 달게

마신다. 판타지 영상으로 보여줘도 무방함.

원효   나무아미타불. 내 지친 몸 물 한잔으로 풀었구나.
         이런 어둠 속에 단물이 있으니 부처님의 공덕이
         로다.

원효 쓰러지듯 잠이 들고 서서히 날이 밝아온다. 어둠이 걷히기 시작
하면 드러나는 무덤가. 주변에는 온통 무덤과 해골들이 널려있다. 잠
이 깨는 원효, 차츰 주변의 모습을 보더니 놀라 벌떡 일어난다.

원효   내가 잔 곳이 여기더냐!

원효는 자신의 손에 들린 해골바가지를 보고 놀라 소리치며 해골바가
지를 떨어뜨린다.

원효   (다시 해골바가지를 들고) 내가 어제 그토록 달게 마
         신 물이 설마 이 물이란 말인가?

빗소리 더욱 커진다.

원효　　웬 비가 이리도 지칠 줄 모르고 오는가. 할 수 없다. 하루 더 여기서 비를 피할 수밖에.

원효 되도록 해골들과 떨어져 한쪽 구석에 웅크리고 앉는다. 주변이 서서히 어두워지고 원효는 겁먹은 시선으로 주변을 두리번거린다. 그 때 마치 무덤에서 살아난 귀신인 듯한 형상들이 원효 주위를 맴돌고 기괴한 소리까지 들린다. 원효 눈을 감고 독경한다. 귀신들 계속 원효 주위를 맴돈다. 갑자기 원효 벌떡 일어서더니

원효　　그렇다! 어제 여기에서 잤을 적에는 무덤가라도 평 안하였는데 오늘 밤은 귀신의 집에서 잠을 자니 동 티가 심한 것이구나.

원효의 아리아

　　　마음이 일어나므로
　　　갖가지 법이 일어나고
　　　마음이 멸하므로
　　　집과 무덤이 둘이 아님을 알겠도다

마음밖에 아무것도 없는데

어찌 무엇을 따로 구하겠는가

여인의 사랑도 마음에 따라 다른 법

자비의 마음으로

사랑의 마음으로

중생을 구원할 수 있다면

이 또한 부처의 가르침이리라

중생을 구원할 수 있다면

이 또한 부처의 가르침이리라.

무대 갑자기 환해지며, 귀신들 비명을 지르고 사라진다. 무대 가득히
퍼지는 오색의 빛. 원효 계속 독경한다.

제2막

밤, 황제의 궁궐.

요석궁, 불빛으로 화려한 모습과 위용이 나타난다. 앞에 큰 연못이 있음. 2층으로 짤 것. 2층은 공주의 침실. 그 위용 앞에서 군인들과 궁녀들이 궁중무를 춘다. (5분 정도)

합창　　우리 모두 나아가자 나아가자, 화살을 적의 가슴에 묻어두자 묻어두자. 승리의 그 날까지, 앞으로 나아가자 나아가자. 성난 표범처럼 사나운 상어처럼 무소처럼 앞으로 앞으로 전진만이 우리의 살길이다. 적의 가슴에 칼을 묻어두자 묻어두자. 조국을 위해 황제를 위해 사랑을 위해!

합창과 함께 궁녀들과 황제, 공주, 대신들, 군인들의 춤이 화려하게 펼쳐진다.

장군 1   폐하 만세!

장군 2   적을 단칼에 무찔러 황제 폐하께 승리를 바치리

황제   무사들이여, 그대들은 영웅! 진군만이 살길이다.

장군 1   표범처럼 날쌔게, 호랑이처럼 용맹하게

장군 2   앞으로 나아가 적의 목을 베자.

시녀 1   사랑하는 이들의 원수를 갚아주오.

시녀 2   꿈같은 행복을 빼앗아 간 원수들의 목을 가져다주오.

합창   나아가자 나아가자. 화살을 적의 가슴에 묻어두자. 분노의 칼을 적의 가슴에 묻어두자. 임을 위해 조국을 위해!

춤이 화려하게 펼쳐짐. 화려한 춤이 계속되면서 전쟁을 고취하는 군무가 이어짐. 군인들의 춤과 궁녀들의 춤이 뒤섞임. 화려한 궁중무.

황제　오늘의 이 자리는 전쟁터에서 가족을 잃은 저 불쌍한 백성들과 역시 낭군을 잃은 지 3년이나 된 외로운 우리 요석공주를 위로하고 그 원수를 갚기 위한 결의의 자리이고

황후　높으신 선덕 원효 스님께서 백성들과 공주를 위로하는 자리이니 모두에게 뜻깊을 것입니다.

장군 1　우리 병사들은 백성과 공주님의 원수를 꼭 갚아드리리라 다짐하며

장군 2　부처님의 말씀을 받들어 진군하리라.

시녀 1　고귀한 우리 공주님을 위로하소서!

시녀 2　천상의 선녀이신 우리 공주님을 보살피소서!

공주　부끄럽사오나 원효 스님의 발심장(發心章)을 들으면 이내 맘속 깊은 시름 덜어질 것 같으니 가련한 이 몸을 거둬 주소서.

코러스　아재 아재 바라아재 바라승아재 아재 아재 바라아재 바라승아재 아재아재 바라아재 바라승아재 보리 사바하 아재아재 바라아재 바라승아재

그때 원효 일행이 등장한다. 일행은 황제와 황후에게 예를 갖추고 공주에게도 합장한다.

대안   화려한 궁궐, 아름다운 사람들, 용맹한 군대, 부처님의 은덕이시도다.

황제   우리 군대의 용맹스런 진군나팔소리가 앞으로 나아가게 하소서.

원효   군대는 부처님의 강한 뜻을 펼 것이요

대안   부처님의 나라를 건설하는 첨병이라.

황제   적에게 사랑하는 이를 빼앗긴 이 땅의 아녀자들과 공주에게 자비를!

원효   세상이 아무리 넓다 하나 연꽃 위의 티끌이요, 마음이 복잡하다 하나 한 가닥 바람보다 약하니 부처님을 믿으면 그 공덕으로 세상이 편안하리라. 믿으려는 마음만 있으면 세상이 모두 내 것이요 싸움도 없고 질투도 없으리라.

원효가 법어를 하고 있는 동안 공주는 원효를 빛나는 눈동자로 바라본다. 사랑을 느끼는 모습을 드러낼 것.

공주	오, 나의 스님! 내 맘을 적시는 등불이여! 내 가슴이 울렁입니다.
황후	원효 스님, 우리 공주를 불쌍히 여겨 주시오.
시녀	사랑에 목마른 여인네의 가슴을 쓰다듬어 주소서!
대안	원효 스님, 화엄의 넓고 따뜻한 세계를 그대의 사랑으로 보여 주오.
황후	여인네들은 사랑이 없으면 하루도 살 수 없다오.
장군	화엄의 무한한 능력으로 공주를 위로해 주시오.
상좌	(은근한 눈빛으로 시녀를 보며) 부처님의 큰 가슴으로 아픈 상처를 치유해 주소서!
대안	여인네의 아픈 가슴을 껴안아 주는 게 승려의 일이라네.
시녀	여인의 마음은 오직 사랑으로 굶주려 있습니다.

공주의 아리아

내 사랑을 받아주오

풀벌레 우는 밤마다

끝 간 데 없이 흘러가는 그리움

소낙비 내리는 한낮에도 멈출 줄 모르니

이불 속은 너무 차갑고

밤 공기는 텅 비었네

내 사랑을 받아주오

그대의 손길을 기다리는 마음

유랑하는 영혼이 이러할까

병든 유마힐[8]을 이제야 알겠네

이제야 알겠네

사랑을 찾다가 찾다가

깊은 병에 걸린 줄 이제야 알겠네

내 사랑을 받아주오

흔들리는 가슴을 쓰다듬어 주오

발고제가 죄가 많다 하나

사랑하는 맘을 모르는 아난존자[9]가 야속하오.

사랑은 목숨보다 귀하고

---

8) 유마힐은 거사로서 본래 병이 없지만 중생들이 병을 앓기에 보살도 병을 앓
   는다고 설명하여 중생들과 동심일체가 된 보살의 경지를 나타내었다.
9) 아난다. 석가의 10대 제자 중 한 사람. 줄여 아난(阿難)이라고도 한다. 아난다
   는 용모가 출중하였는데, 이것이 출가 후 아난다가 많은 부녀자들로부터 유혹
   을 당하는 원인이 되기도 했다.

죽음보다 강하니

사랑 없이 살아가는 날들이 무슨 소용 있으리.

사랑의 한을 표현하는 궁중무와 함께 코러스.

코러스	목숨보다 귀한 사랑
	죽음보다 강한 사랑
	사람을 살리는 사랑
대안	중생의 아픔에 눈감고 무슨 도인이리
황제	나라를 살리는 큰스님께서 여인네의 마음을 못 다스리겠는가.
원효	공주님이 안타깝소. 부처님의 은덕으로 사랑을 얻으소서!
공주	사랑은 그리움에서 온다네. 오, 나의 사랑을 외면하지 마오. (원효를 향해 팔을 뻗는다)
원효	나는 출가한 승려, 마음으로 그대를 위로하오.
공주	스님을 본 순간 내 맘은 두근거리고 사랑의 꽃이 피어납니다.
원효	나는 부처님을 모시는 수행자이지 민간인이 아님

니다.

공주   나를 위로할 수 있는 이는 이 세상에서 스님뿐이랍니다.

시녀 1   사랑에 눈먼 공주님의 부처님이 되어 주소서

시녀 2   천 개의 팔을 가진 부처님의 자비를 베푸소서

대안   문수사리[10]의 지혜가 있는들 사랑에는 약이 못되고

상좌   보현보살[11]의 자비가 있는들 사랑만큼한 자비는 없네.

대안   사랑하는 마음을 구원할 줄 알아야 중생을 구원한다네.

코러스   아재 아재 바라아재 바라승아재 보리 사바하

황제   사랑 없이 구원 없고

황후   사랑 없이 노래 없고

장군   사랑 없이 꿈도 없고

시녀 1 · 2   사랑이 부처라네.

황제   밤이 깊었으니 우린 갑시다. (황제 일행 퇴장한다)

---

10) 문수보살. 지혜가 뛰어나 사람들에게 지혜의 좌표가 되는 보살
11) 세상 속에 뛰어들어 실천적 구도자의 모습을 보여주는 보살

공주와 시녀 1, 2, 그리고 원효, 상좌만 남고 모두 물러남. 공주와 원효가 연못가를 걷는다. 그 뒤로 시녀와 상좌 등이 따른다.

공주 남아로 태어났으면 마땅히 글을 읽어, 나면 장수가 되고 들면 정승이 되어, 비단옷을 입고 옥대를 차고 부귀공명을 누릴진대

원효 부처의 법문은 한 바리 밥과 한 병의 물과 두어 권의 경문과 일백여덟 낱 염주뿐이라.

공주 · 원효 도덕이 비록 높고 아름다우나 적막하기 그지없도다.

원효의 아리아

    무릇 인간의 오욕과 부귀공명은

    살아있을 때의 한낱 꿈에 지나지 않고

    사랑 또한 물거품 같고 이슬 같지만

    한 방울의 이슬이 여인의 가슴을 적시니

    사랑은 탐심이 아니라

    사랑으로 자비를 구하네

    계를 지키고 선정을 닦아

해탈의 경지에 올라

자비로 중생을 구제하여

부처의 가르침을 실천하는구나.

공주 스님의 발심장을 암송하며 스님을 뵈올 날을 얼마나 기다렸던가. 밤마다 아픈 가슴은 스님의 말씀으로 위로를 받는답니다.

시녀 1 그리운 이가 곁에 있으니 달은 구름에 가리고

시녀 2 구름은 비로 내리고 장미는 봄비를 만나네.

상좌 아름다운 공주님이시여, 밤의 여왕이여! 아름다운 그대를 찬미하지 않고는 남자가 아니오.

원효 밤은 찬란하고 꿈은 사랑처럼 밤으로부터 오네. 하지만 세상의 사랑이란 뜬구름 같다오.

공주 이렇게 아름다운 밤에 스님 곁에 있으니 아픈 마음 눈 녹듯 사라지고 설레는 가슴 멈출 줄 모른답니다.

원효 아름다운 밤은 화엄의 세계이네. 화엄 속에서 걸으니 세상이 해인이며 삼매로다. 공주님이 위로를 받는다니 내 가슴이 기쁨으로 요동치오.

공주　　　사랑을 느낀 마음 둘 곳이 없으니, 이 밤이여, 영원
　　　　　하여라.

시녀들이 쟁반을 들고 공주와 원효에게 다가온다.

시녀 1　　이렇게 좋은 밤 두 분을 위해서 곡차를 준비했으니

시녀 2　　바다 같은 사랑을 보여 주소서

상좌　　　스님들도 사랑이 그리운 이들이오. 밤마다 독경하
　　　　　며 머리를 흔들지만 사랑하는 이를 찾는 마음 끊어
　　　　　지질 않는다네.

상좌와 시녀 1, 2, 술잔을 부딪치며 술을 단숨에 들이킨다. 그리고 서
로 손을 잡고 원효와 공주의 뒤를 따른다.

시녀 1　　밤은 찬란하고 모든 사랑이 깃들도록 천사가 보자
　　　　　기를 덮는다네

시녀 2　　머리는 맥을 추지 못하고 가슴이 불처럼 뜨거워지
　　　　　네

상좌　　　술은 신의 음료수. 가슴속에서 사랑이 불붙네

시녀 1	천사가 보자기를 씌우네
시녀 2	가슴이 불타네
원효	가슴이 뛰고 그대가 부처 같네
공주	사랑은 우연하게 이루어지는가
원효	곡차 탓인가 화엄의 세계인가
공주	큰사랑이 싹트기 때문이랍니다.

시녀 1과 시녀 2가 서로를 보며 웃는다. 무슨 모사를 꾸미는 듯하다. 저쪽 뒤에서 대안 스님이 나타난다.

대안	똑같은 물이라도 어떤 물은 독이 되고 어떤 물은 약이 된다네
시녀 1	이제 뜨거운 가슴을 더 뜨겁게 해 주어야 하네
시녀 2	물속에서 이루어진 사랑
시녀 1	물과 같이 깊은 사랑
시녀 2	물처럼 부드러운 사랑

시녀 1과 시녀 2가 원효 곁으로 가서 살짝 원효를 밀어 연못 속으로 빠뜨린다. 풍덩~ 소리가 들린다. 공주는 놀란다.

공주   우리 스님을 살려주오.

시녀 1   누구 없어요. 살려줘요.

시녀 2   원효 대사님을 살려줘요.

코러스   공주는 원효를 사랑 속에 빠뜨렸다네 품속에 빠뜨
렸다네 원효 스님의 차가운 가슴에 불을 붙였네

원효   (물속에서) 이곳이 지옥인가 낙원인가. 만행을 한
이내 몸이 이렇게 허무하게 허물어져 버릴 줄이야.
물속이 피안인가 물 밖이 낙원인가. 반야[12]로 가는
층계를 잘못 디뎠나.

상좌   화엄 삼매(三昧)의 연못인가 봅니다.

원효   해인 삼매로다.

공주   사랑의 삼매입니다.

코러스   나무아미타불! (반복)

시녀 1   우리 공주님 꿈속을 걷겠네

시녀 2   사랑에는 지혜가 소용없다네

---

12) 지혜라는 뜻

원효가 상좌의 손에 이끌려 젖은 채 연못 밖으로 나온다. 원효, 비틀거린다.

공주　　원효 스님을 어서 침실로 모셔라. 감기에 걸리실라.

시녀 둘이 원효를 양쪽에서 팔짱을 낀 채 2층 침실로 올라간다. 대안 스님이 나타난다.

대안　　사랑의 불길은 초가삼간 다 태운다네.
상좌　　머릿속에 담은 지혜 바람처럼 흩어지네.

2층 화려한 침실로 올라간다. 원효가 새 옷을 입고 주안상을 사이에 두고 공주와 함께 앉아 있다. 주거니 받거니 대작한다. 잠시 후 원효가 공주의 손을 잡고 함께 일어난다.

대안　　(1층에서) 사랑만 한 삼매가 없고 사랑을 모르는 부처가 없다네.
코러스　바라밀 바라밀 반야바라밀

상좌	사랑이 깨달음이라네
코러스	아재아재 바라아재 바라승아재
원효	여인의 향기에 가슴이 설레네. 가슴이 두근거리고 다리가 떨리고 눈앞이 어지럽네. 헛된 꿈인가 현실인가. 정토[13]가 이러한가 수미산이 이러한가. 몇 잔의 넥타(nectar)로 삼매[14]에 들었는가. 파순[15]의 장난인가 관음[16]의 도술인가. 행복한 가슴이 알 수 없이 두근거리네.
공주	사랑보다 진한 자비는 없고 사랑보다 깊은 지혜는 없으니, 사랑의 물을 마시면 깨달음을 얻는다네.
원효·공주	사랑은 어지럼증, 세상도 보이지 않고, 지옥도 보이지 않고
원효	그대의 살 냄새에 녹고, 그대의 미소에 잠든다.
공주	사랑은 맹인, 앞도 보이지 않고 뒤도 보이지 않는다네
원효·공주	사랑은 말씀을 넘고, 사랑은 분별을 넘는다네

---

13) 번뇌의 속박을 벗어난 아주 깨끗한 곳
14) 하나의 대상에 집중하여 마음이 흔들리지 않는 경지
15) 석가모니나 그의 제자들을 따라다니며 수행을 방해하려고 한 극악한 마왕
16) 관세음보살. 자비로 중생의 괴로움을 구제한다는 보살

원효   아프지도 않다네, 불 속의 사랑이여. 내 사랑이여,
         부처의 설법이 이보다 더 감동적이랴.

코러스   내 사랑이여, 내 사랑이여! 봄눈 녹듯 모든 것을 녹
         이는 위대한 설법, 세상이 낙원이요 꿈길이라네.

원효와 공주, 침대 위에서 입맞춤한다.

원효   여인의 입술은 부처님의 말씀이오.
공주   사랑하는 이의 입술은 자비의 말씀이라네.
원효   그대를 위해 온몸을 던지면
공주   부처님의 낙원이 열린다네.

두 사람 껴안는다. 그리고 어두워진다. 궁궐 밖에서 대안스님과 상좌
나타난다.

대안   하하하. 사랑만큼 위대한 말씀은 없다네.
상좌   사랑은 강하다네.
합창   책에서 배운 지혜는 사랑 앞에서는 봄눈과 같네.

한밤의 사랑보다 더 큰 법문이 없고

경전은 여인의 사랑보다 연약하네.

제3막

1장

어느 마을.

무대 칠흑같이 어둡다. 그 어둠 속에서 원효 목탁을 두드리며 등장하지만 사라진다. 목탁 소리는 계속 들린다.

목탁 소리와 함께 마치 꿈처럼 요석공주와 달의 정령이 빛을 내며 등장, 살짝 춤을 추며 지나가면, 이어 젊은 남녀가 행복한 듯한 춤을 추며 뒤따른다. 그러나 그 뒤로 거지 차림의 사람들이 힘들게 등장한다. 목탁을 두드리며 그들의 뒤를 따르는 원효. 승복을 서서히 벗어 던지며 사람들과 함께 사라진다. 이 모든 것들이 빠르게 진행된다.

곧이어 울부짖는 소리와 함성이 교차한다. 어둠 속에서 거지들이 각설이타령을 부르며 장단에 맞춰 나타난다. 그 속에는 어른 거지, 아이 거지, 늙은 거지 할 것 없이 줄을 서서 꽹과리를 두드리며 각설이타령을 부른다. 꽹과리를 들지 않은 이들은 발우를 들고 있다.

여인 1   (실성한 듯) 여보, 어디 있나요.

여인 2   (절망적 표정으로 기운이 없이) 애야, 애야!

늙은이 1   (땅바닥을 기면서) 배고파요.

아이 1   아버지!

아이 2   어머니!

늙은이 2   밥, 밥!

거지 1   우리는 전쟁포로다.

거지 2   우리는 도망자다.

여자 1   우리는 몸을 판다.

여자 2   우리는 무엇이나 판다.

거지 1   밥! 밥!

거지 2   집! 집! 집!

중창   (두 사람씩 짝을 이루어) 우리는 거지

우리는 도둑

우리는 도망자

우리는 패잔병

짝 잃은 신발이요

무너진 패가

합창 먹을 것, 입을 것, 아무거나 주오. 갈 곳도 없고 오란 곳도 없으니 아무데나 간다네. 우리는 모두먹기패, 이 고을 저 고을 돌림으로 다니며 식량이 남아 있는 곳은 어디든 가네. 배고픈 사람은 다 모여라. 우리는 모두먹기패. 모두 먹어 치우자. 먹고 살기 힘든 세상 대를 이어 비렁뱅이 짓이나 해볼까. 잘한다 잘해. 얼씨구절씨구, 먹으러 가자!

원효 (거지로 분장하여 비칠거리며 등장) 사랑의 잔은 독약이요 마약이라네. 한번 마시면 모든 보살도 속인이 되고 마귀가 몸에서 돈다네. (가려운 듯 온몸을 긁는다) 스님이 여인과 사랑을 나누면 눈에서 마귀가 생기고 손에서 칼이 돋고 혀에서 뱀이 날름거린다네. 세상을 떠돌아도 몸을 숨길 곳 없고 아무리 변장해도 더러운 몸이 닦이지 않네. 나는 파계승!

그때 거지 떼들이 꽹과리를 치며 각설이 타령을 한다. 원효는 뒤로 물러난다.

합창　　작년에 왔던 각설이 죽지도 않고 또 왔네. 얼씨구 씨구 들어간다. 절씨구씨구 들어간다. (한 2~3분 정도 사물놀이에 맞춰 진탕 나게 논다)

한바탕 놀고 나서

거지왕　　(원효에게 손가락질하며) 그런데 너는 누구냐? 처음 본 놈인데.

원효　　거지가 되려고 왔소.

거지왕　　어디서 온 거지냐.

원효　　(거지들이 달려들자) 난 파계승이오.

거지왕　　거지만도 못한 놈이구나.

원효　　중인 척 했소.

거지왕　　공주의 젖가슴에 대고 염불을 한 원효 같은 놈이구나.

원효　　중생을 구제하는 척했소.

거지왕 고대광실에다 부처를 모셔 놓고 실눈 뜨고 돈을 세
는 중놈이구나.

원효 (고개를 끄덕끄덕) …….

거지 1 해골바가지 물 마시고 도통했다고 사기 친 놈이더
냐.

원효 (고개 끄덕끄덕) …….

거지 2 밤이면 귀신들 속에서 별들을 주워 먹었다고 속인
놈이구나.

원효 (고개 끄덕끄덕) 사기꾼도 되어 보았고, 여자도 꼬아
보았소.

거지왕 에끼, 이 똥물에 튀겨 죽일 놈.

원효 나는 이제 중이 아니오.

거지왕 그럼 무어냐.

원효 거지요.

거지왕 너 같이 머리에다 문자만 가득 넣어 둔 놈은 끼어
줄 수 없으니 썩 꺼져라.

원효 나는 거지요.

거지 2 거지의 종이 될 것인가.

원효 (원효는 고개를 끄덕거린다) 종을 시켜 준다면 황송

하리다.

거지 1   거지가 되려면 썩은 고기를 먹을 줄 알아야 하고

거지 2   밤이면 구름을 덮고 잘 줄 알아야 하며

거지 1   시체에 입 맞출 줄 알아야 하거늘

거지 2   너 같이 호의호식하던 중놈이

거지 1   하룻밤이라도 빗물을 이불 삼아 잘 수 있겠느냐.

원효   나는 파계승, 사랑에 굶주린 뱀의 자식이라오. 오
             늘은 사창가 내일은 도박판.

거지왕   저놈을 쫓아내라. 양식 축내겠다.

원효, 쫓겨난다.

거지 1   쓰레기를 뒤져보았느냐.

거지 2   시체 밑에서 숨을 쉬어 보았느냐.

거지왕   햇빛을 두려워해 본 적이 있느냐.

거지 1   우리는 거지다.

거지 2   우리는 도망자다.

거지왕   오갈 데 없는 불온한 자다.

합창   (2명씩 짝을 이뤄 각설이타령을 하면서 한바탕 춤을

춘다) 작년에 왔던 각설이 죽지도 않고 또 왔네 얼
시구시구 들어간다. 절시구시구 들어간다. (반복)

그때 원효도 다시 나타나 함께 춤을 추며 노래한다.

거지왕　거지만도 못한 글쟁이 중놈이 왜 다시 왔느냐.

원효　거지들 종노릇하려고 왔소.

거지왕　아침이면 집집을 돌며 구걸을 해 오겠느냐.

원효　구걸에는 나도 이력이 났소. 사랑에 눈이 멀어 법
문을 배반하고 세상을 떠돈 지 십 년이오. 배고파
서 돌멩이를 삶아 먹기도 했고 문둥이 행세를 하며
잠자리를 찾기도 했소. 머슴살이, 불목하니, 뚜쟁
이, 협잡꾼, 안 해 본 일이 없소.

거지왕　골목을 쏘다닐 때 별들이 먼저 내려와 식사할 때까
지

거지 1　조용히 쭈그리고 있다가

거지 2　아이들이 토해낸 밥을 먹어본 적이 있느냐.

거지 1　아침 이슬을 나누려고 싸움질을 해 봤느냐.

거지 2　그렇게 못 생겨서 너는 거지도 못해 먹을 놈이다.

거지 1	썩 물러가라.
거지 2	책 줄이나 읽은 놈이 올 곳이 아니다.
원효	나는 오갈 데 없는 소성거사, 그대들을 섬기게 해 주오.
코러스	나는 오갈 데 없는 복성거사, 그대들의 종이 되겠소.

그때 한 거지 여인이 아이를 안고 거지왕에게 다가온다.

여인	아이가 죽어가요.
거지왕	아, 우리는 돌 틈에 끼어
거지 1	들꽃으로 피어나
거지 2	새벽마다 이슬을 먹고 사는
여인	돌멩이 같은 인생이오.
거지왕	이 중놈아, 염불할 줄 아느냐.
원효	세상을 떠돌면서 염불로 끼니를 때우며 살아왔소.
여인	문자 속을 파먹는 그런 염불 말고
거지 1	우리 같이 못난 인생 쓰다듬어 주고
거지 2	우리 같이 버려진 인생 품어 주는

거지왕　　그런 염불을 할 줄 아느냐.

원효의 아리아

원효는 바라춤을 추고 나서 죽은 자를 위한 노래를 부른다. 아니면 다른 사람이 바라춤을 춰도 좋다. (먼저 춤을 춘 뒤에 아리아를 부르거나 바라춤과 함께 아리아를 불러도 된다)

　　　　　인생 길이 꽃길인 줄 알고 왔는데

　　　　　돌밭이구나

　　　　　구름이 흘러갈 때마다

　　　　　숟갈로 떠서 아침을 먹고

　　　　　이슬 맺힌 가을날

　　　　　조막손에 꼭 쥔 물방울이

　　　　　아직 뱃속에서 울리고

　　　　　터벅터벅 걸어온

　　　　　골목길이여

　　　　　빗물에 깨끗이 씻겨

　　　　　낙원으로 가는 길이 머지않았구나

　　　　　봄꽃 같은 영가

법신 화신

관세음보살

삼천대천세계[17]에서 연꽃 지어 받들리라

지장보살 지장보살

끝 부분에서 바라춤과 함께 불꽃놀이가 병행된다. 거지들이 다 함께 춤을 추며 불꽃놀이를 한다.

코러스　　아재아재 바라아재 바라승아재 아재아재 바라아재

　　　　　　바라승아재 사바하

거지 1　　이 때까중놈은 돌멩이를 깨물어 본 듯하고

거지 2　　염불을 잘하니 종이나 시킵시다.

거지왕 고개 끄덕끄덕

원효　　　나는 그대들의 종이 되겠소.

거지왕　　이제 너는 우리를 섬겨라.

---

17) 전 우주

원효	그대들은 나의 부처님이오.
거지왕	오늘부터 꿈도 거지 꿈을 꿔야 하고
거지 1	목소리도 풀벌레처럼 내야 한다.
거지 2	우리는 들판의 제왕이다.
원효	나는 죽은 자의 영혼을 섬기는 세상의 끝에 서 있습니다.
거지왕	너는 오늘부터 우리의 종이다.
원효	당신들은 나의 하나님이오.
거지왕	나는 왕
원효	당신은 나의 부처님
코러스	나무아미타불 관세음보살!
거지 1	자아, 부처 타령은 그만하고 이제 슬슬 배도 고프니 구걸이나 하러 가자.
거지 2	구걸하러 가자.
거지들	(바가지를 일제히 꺼낸다. 바가지는 큰 표주박 모양이다) 밥 얻으러 가자! 목숨 구걸하러 가자! (바가지를 흔들며 춤을 춘다)
원효	나도 그 바가지 하나 주오.
거지왕	바가지? 아 이거? 이건 내 밥그릇이다, 이놈아.

원효	그럼 나도 밥그릇 하나 주오.
거지왕	좋다. 너도 이제 우리 종이 되었으니 밥그릇은 줘야지. (큰 바가지를 하나 준다)
원효	(바가지를 머리에 쓴다)
거지왕	(위협하며) 밥그릇을 머리에 쓰는 놈이 어디 있냐. 넌 역시 미친놈이구나.
원효	(바가지를 두드리며 노래 부른다) 일체무애인 일도출생사[18]
거지들	그게 무슨 노래냐?
원효	모든 것에 구애되지 않는 자는 당장에 삶과 죽음을 벗어날 수 있다는 뜻이오.
거지들	이상한 노래네?
거지왕	좌우당간 듣기는 좋다. 바가지 노래라고 하자.
원효	일체무애인 일도출생사
거지 합창	(따라부르면서 바가지춤을 춘다) 일체무애인 일도출생사
원효	모든 것에 구애되지 않는 자는 당장에 삶과 죽음을

---

18) 一切無㝵人一道出生死

벗어날 수 있다네.

거지 합창　(바가지춤을 추면서) 모든 것에 구애되지 않는 자는
　　　　　　　당장에 삶과 죽음을 벗어날 수 있다.

다같이　　일체무애인 일도출생사. 나무아미타불 (2, 3분 동안
　　　　　　춤과 함께 반복)

그때 멀리서 시끄러운 소리 들린다. 그리고 곧 도둑 떼가 나타난다. 거
지들 무서워하며 뒤로 물러선다.

합창　　　우리는 도둑떼다.

도둑 1　　먹을 게 없어서 찾아 왔다.

도둑 2　　집이 없어 집을 훔치고

도둑 3　　여자가 없어 여자도 훔친다.

합창　　　우리는 도둑

도둑 1　　입술도 훔치고

도둑 2　　이불도 훔치는

합창　　　우리는 도둑이다.

도둑 1　　하지만 밤이면 맨발로 칼날 위를 걸으며

도둑 2　　목숨도 훔치는

도둑왕	동굴의 박쥐처럼
합창	(칼춤을 추면서) 어둠 속에서 눈을 뜬다. 우리는 도둑떼, 원래는 착한 백성, 그러나 배고픔에는 어쩔 수 없네. 사흘 굶어 도둑질 안 할 사람 없으니, 떠도는 사람 중에 힘센 자는 도둑 되고, 약한 자는 거지 되니, 우리는 멋진 도둑, 두려움을 모르는 도둑.
거지왕	(앞으로 나서며) 우리도 매일같이 풀벌레 울음을 먹고 사는 거지라오.

거지1, 원효를 도둑왕 앞으로 밀어낸다.

도둑왕	마빡에 기름 낀 이 중놈은 누구냐.
원효	거지들의 종이오.
도둑왕	머리빡은 중놈이 분명한데
원효	당신도 내 부처님이오.
도둑왕	경을 읽어대며 돈을 뜯어내는 놈이냐?
원효	정처 없이 떠도는 바람이오.
도둑왕	염불로 돈을 뜯는 놈이구나.
원효	죽은 영혼의 친구라오.

도둑왕   한쪽 눈을 뜨고 돈을 세는 놈이구나.

도둑 1과 도둑 2, 그리고 도둑왕이 귀엣말을 나눈다.

도둑왕   잘못하면 우리가 사기 당하니 저 중놈을 꽁꽁 묶어라.

도둑 1   여자를 겁탈하고

도둑 2   상갓집에서 염불로 간을 빼먹고 도망친

도둑왕   사기꾼이 분명하다.

코러스   아제아제 바라아제 바라승아제. 깨달음도 아무것도 아니구나. 한번 사랑으로 모든 것이 무너지네. 절간이 아무리 산중에 있다 하나 바람 앞에 등불이요 부처의 가르침이 신비하다고 하나 여인네의 사랑 앞에서 쓸모없는 문자에 불과하네. 힘없이 종이 되어 떠도는 원효 스님이 불쌍하네.

도둑왕   저놈을 산중으로 끌고 가자.

거지왕   노래는 잘하던데. 어쨌거나 머리로 세상을 속이는 놈이니

도둑왕   모두들 조심해라.

원효	당신들은 나의 부처님!
도둑왕	아는 게 많아서 거짓말도 잘하는구나.
합창	(은은하게) 거지와 도둑이 우리의 부처님이라네.

이때 들이닥치는 자객들. 긴 칼을 보자 도둑과 거지들 모두 놀라 뒤로 물러선다.

자객 1	그자를 내놔라!
거지왕 · 도둑왕	누굴 말하는 거냐? (원효를 가리키며) 이 놈 말이냐?
자객 1	그렇다.
도둑왕	어림없다. 이놈은 우리가 절에 팔 놈이다.

자객들 칼로 위협하며 점점 가까이 다가온다. 위압적인 음악이 들리면 좋다. 거지들은 겁이 나서 뒤로 자꾸 물러나지만 도둑들은 공격적인 반응을 보인다.

도둑왕	니들은 누구냐!
자객 2	알 필요 없다.

도둑왕	그럼 우리가 누군지 아느냐?
자객 3	그것도 알 필요 없다. 우린 저자만 필요하다. (다시 한번 칼을 크게 휘두른다)
거지왕	(겁이 나서) 내주자?
도둑왕	거지새끼 아니랄까 봐. (자객들에게) 칼만 들면 다냐! 보아하니 밥깨나 먹고 사는 놈들 같은데 도둑 물건을 훔친다는 것은 말이 안 되지.
자객 1	이 자들 말이 안 통하는군. (바로 싸울 듯이 칼로 위협한다)
도둑왕	어허, 우리도 세상에 무서울 게 없는 놈들이다. 가진 게 있어야 무섭지. 오랜만에 돈 되는 놈 하나 잡았더니 그마저 뺏으려고? 어림없지. (도둑떼도 역시 싸울태세다)
자객 2	죽고 싶지 않으면 어서 비켜라.
도둑왕	(비록 부엌칼 같은 칼이지만 칼을 들고 나서며) 니들만 칼 있는 거 아니다. 우린 도둑이야. 우리도 칼 있다.
자객 1	정말로 죽고 싶은가 보군.

도둑들은 오히려 자객들을 둘러싸고 자신들이 가지고 있는 갖가지 물건들을 손에 들고 자객들에게 맞선다. 도둑들 함성을 지르며 자객들에게 덤빈다.

합창과 검무

도둑들　　저 중놈을 지켜라.

합창과 검무 반복

그러나 자객들이 크게 칼을 휘두르자 도둑들 쭈뼛쭈뼛 물러서며 위협한다. 결국 서로 함성을 지르며 싸울 듯하더니 자객들 칼을 들고 달려들자 도둑들 후퇴한다.

원효　　(앞으로 나서며) 그만 하구려. 왜 나를 찾습니까?

자객 1　　당신의 목숨을 거둬야겠소.

원효　　내 목숨? 그거야 필요하다면 얼마든지 드리지요.

자객 1　　원효는 파계를 일삼아 걸인들과 어울리며

자객 2　　부처님을 욕보이고

자객 3　　귀족의 체면을 깔아뭉갠 죄를 지었으니

자객 1　　우리는 귀족과 부처님, 그리고 고고한 승려에게 해

를 끼치는 원효를 제거하라는 명을 받았소.

원효   부처님의 뜻이라면 그리해야지요. 당신도 나의 부
         처님, 당신을 위해 예배합니다. 당신은 본래 거룩
         한 부처님입니다.

자객들   뭐라구?

이때 갑자기 들리는 말발굽 소리와 함께 달려오는 장수. 칼을 들고 달
려온다. 그러자 자객들 멈칫한다.

장수   멈춰라!

자객 1   공주의 첩병이다!

자객 2   (놀라며) 공주의 첩병?

장수   (원효 앞을 가로막아 자객들과 대치하며) 원효대사를
         찾는 요석공주의 명이오. 원효대사를 처치하려는
         일부 귀족과 승려들의 암살음모를 듣고 공주는 온
         천하를 뒤져서라도 대사를 찾고자 하오. 내 저들의
         뒤를 간신히 쫓아 왔소.

원효   나는 대사가 아니오. 거지일 뿐이오.

자객 1   비켜라!

장수   어림없다.

자객들과 장수의 한판 싸움.

검무(일대일 혹은 일대 이, 삼도 좋다). 결국 장수, 여러 명의 자객들에게 밀린다.

원효   (그들 사이에 나서며) 하찮은 미물의 목숨도 소중하거늘 증오의 마음이 어인 일이오. 서로의 원한과 집착은 고통의 시작, 악은 악을 낳으며 집착은 집착을 낳는 법. 나를 나눠 가지시오.

원효를 사이에 두고 자객들과 장수가 서로 돌면서 대치한다.

원효   (관객을 향하여) 공주여 집착마라. 부정도 마라. 그대를 부정한다고 집착이 버려지는 것도 아니며 아니라고 하는 것에 대한 집착도 또한 집착이다. 번뇌에 빠져 나를 벗어나지 못하면 그 또한 아집과 번뇌로다.

도둑왕   (거지왕에게) 아무래도 저 중놈이 비싼 놈 같은데 우리가 잡아야 하지 않을까?

거지왕   내가 잡겠다. (거지들을 향해) 일체무애인 일도출생사

거지들   일체무애인 일도출생사

도둑왕   그게 무슨 노래냐?

거지왕   모른다. 그냥 부른다.

거지들   일체무애인 일도출생사!

거지들, '일체무애인 일도출생사' 합창을 하며 발맞춰 자객들에게로 다가선다. 그러자 후퇴했던 도둑들도 같이 노래를 부르며 자객들에게 덤빈다.

거지 · 도둑 모두 일체무애인 일도출생사

자객들 칼을 휘둘러보지만 소용없다. 거지들 바가지를 두드리며 더욱 크게 합창한다. 서서히 자객들을 위협하는 거지와 도둑 무리들. 결국 도망치는 자객들. 검무와 바가지춤이 뒤섞인다.

2장

사찰. 풍경소리가 들리고, 연등이 켜져 있는 장엄한 사찰 분위기. 가운데 탑이 있다. 원효가 묶인 채 있고, 스님들과 거지, 도둑들이 등장한다.

상좌   나무아미타불! 이 사람은 누구요?

도둑왕   이 놈은 염불로 혹세무민한 파계승이오.

거지왕   내 종놈이오.

도둑왕   아니다. 내 종이다.

거지왕   아니다.

상좌   우리 절 불목하니를 삼아야겠다.

도둑왕   얼마를 내놓겠소.

거지왕   천 냥만 주시오.

상좌   이놈은 필시 절에서 굴러먹다 세상으로 나가 세상을 어지럽히는 놈이니 내가 거둬야겠다.

거지왕   사람들은 모두 거지가 되었는데 스님은 우리들이 불쌍하지 않소?

도둑왕	부처님의 은덕으로 우리를 구원해 주시오.
합창	세상은 어둡고 갈 곳은 없으니 백성을 구원해 주실 이 누구인가. 나무아미타불! (반복)
거지왕	이놈의 글재주 솜씨나 측량해 주시구려.
상좌	(상좌는 원효를 보며) 부처가 무엇이드냐?
원효	똥친 막대기지요.
상좌	우리의 구세주시니라.
원효	무 말라깽이오.
상좌	천상천하 초인이시다.
원효	구더기요.
도둑왕	거 봐요. 저놈은 스님 행세를 하는 사기꾼이오.
거지왕	후레자식이오.
상좌	마음도 없고 뜻도 없는 것을 아느냐?
원효	똥파리오.
상좌	삼천대천세계의 왕이시다.
원효	공양미나 뜯어가고 극락이 있다고 염불하여 사기 치는 사기꾼이오.
상좌	이놈은 스님이 아닌 게 분명하니 너희들이 종으로 부려도 좋다.

도둑왕	이놈은 우리 종이오.
상좌	오, 불쌍한 우리 공주님! 높으신 스님을 찾아 얼마나 헤매고 계시는가.
거지왕	대궐 속 공주님이 누구를 찾으시오?
상좌	원효라는 분인데 동방의 빛이요 우리의 구세주지. 모든 여인들의 가슴에 불을 붙이고 만인에게 지혜를 주시는 보살이시네.
거지왕	그런 분이 계시면 우리를 살려 주시는가.
상좌	그분은 세상을 구원하실 분.

그때 공주가 시녀와 함께 허겁지겁 나타난다.

공주	원효 스님을 못 보았소
시녀	운명 같은 사랑을 남기고 간 분
공주	달을 따라가듯 사랑의 자취를 따라 예까지 왔소.
상좌	나무아미타불!
도둑왕	거지 소굴에서 중노릇하며
거지왕	염불로 끼니를 때우고
도둑왕	눈만 감춰도 다리를 절며

거지왕　　바람만 불어도 허리를 못 펴는 부랑자 하나 있소.

도둑왕　　종이 되겠다고 자처하는 놈이요.

상좌　　오, 나의 스승! 지혜의 보살이여!

공주의 아리아

내 사랑을 찾아 헤맨 지 몇 년이던가

밤이면 그대의 손길을 따라

낮이면 그대의 눈빛을 따라

지혜를 좇아 얼마나 헤맸던가

그대가 멀어지면 멀어질수록

내 사랑은 더 넓어져 가고

그대가 숨으면 숨을수록

사랑은 깊어만 가네

내 사랑이여

내 사랑이여

물 깊은 강을 건너고

험한 산을 넘어

가슴에 묻은 사랑으로 그대를 찾는다오

여자는 한 번의 사랑으로

천 년을 견디며

하룻밤의 인연으로

목숨을 건답니다.

시녀 1   사랑은 고귀한 것

시녀 2   사랑은 믿음이요

상좌   사랑은 영원한 것

원효   (못 들은 척, 안 들은 척, 그러나 독백하듯) 사랑은 고귀한 것, 사랑은 믿음이요 사랑은 영원한 것.

공주   내 사랑을 찾아주오. 또다시 사랑을 잃을 순 없다오.

거지왕   남자를 함부로 믿지 마시오.

공주   그분은 구원자요.

도둑왕   남자는 도둑이요.

공주   어딜 가나 별처럼 반짝이고 향기로운 분, 사람 속에 계시면 귀공자요, 높으신 분들 사이에 계시면 보살이라.

거지왕   남자는 바람둥이요.

공주   나만을 사랑해 주시는 분…… (공주 쓰러질 듯 걷자

시녀가 부축한다)

그때 대안 스님이 나타난다.

대안   (절망의 표정을 지으며) 원효 스님을 못 보았소?

도둑왕   원효가 밥을 먹여주나, 집을 지어 주나?

거지왕   전쟁을 멈추게 하나?

대안   지혜가 뛰어난 스님이지요.

거지왕   다른 절간에나 가 보시오.

도둑왕   여기는 배고픈 이들의 소굴이오.

대안   고요하게 가부좌 틀고 있는 스님 못 봤소.

거지왕   우리더러 부처님이라 섬기는 놈은 있소.

대안   (도둑왕에게 접근하여) 선비처럼 깨끗한 분.

도둑왕   우리보다 더 더럽소.

거지왕   우리의 종이오.

대안   여인의 사랑만 아니었어도

상좌   우리를 구원해 주실 분!

대안   어디에서 쓰러졌는가?

공주   (깜짝 놀라) 원효 스님이 죽었어요?

거지왕　(도둑을 바라보며) 우리 저놈을 비싼 값에 팔아먹읍시다.

도둑왕　누구에게?

거지왕　공주님에게.

도둑왕　어떻게?

거지왕　원효라고 속이면 되오.

도둑왕　속을까?

두 사람은 공주에게 다가간다.

거지왕　공주님, 원효라는 분을 보았소.

공주　어디에 계십니까?

도둑왕　그런데 좀 비쌉니다.

공주　원효가요?

거지왕　이천 냥!

공주　네?

도둑왕　(거지왕을 어깨로 치며) 삼천 냥!

공주　사람이오, 물건이오?

도둑왕 · 거지왕 (도둑과 거지가 마주 본다) 스님이오.

두 사람은 묶여 있는 원효에게 가서 귀를 잡아 끌고 온다.

원효　　 (끌려오며) 나는 거지의 종이요, 도둑의 앞잡이!

공주　　 오, 저 목소리! 꿈에도 잊지 못한 저 목소리!

대안　　 공주님, 저 사람은 원효가 아니오.

공주　　 원효 스님의 목소리, 꿈에서도 잊어 본 적 없는 목
　　　　　 소리라오.

대안스님과 상좌가 원효에게 가까이 간다.

대안　　 이 사람은 거지요!

상좌　　 염불이나 해서 돈을 뜯어내며 스님 행세를 하는 사
　　　　　 기꾼이오!

공주　　 아니오. 저 목소리를 품고 잠을 잤고 꿈속에서도
　　　　　 저 목소리를 따라왔소. 저 목소리는 죽어서도 잊을
　　　　　 수 없는 구원의 소리라오. 절간의 종소리보다 맑아
　　　　　 멀리 퍼지는 구원의 손길이라오.

거지왕　 (둘은 좋아한다) 공주님, 맞지요?

도둑왕	빨리 돈을 내시오.
공주	(원효에게 가서 손을 붙잡는다) 스님!
원효	사람을 잘못 보았소.
공주	그리운 목소리!
원효	난 거지들의 종이오.
대안	정말 원효스님인가?
공주	원효 스님이 분명하오.
대안	큰 나무가 비바람을 맞았구나. 이파리는 더 넓어지고 줄기는 더 굵어지고, 세상을 덮는 큰 나무가 되었구나!
원효	나는 떠돌이, 도둑들과 거지들이 나의 부처님이오.
대안	책 속에서 도를 닦은 원효가 맞는가?
상좌	스승님!
원효	풀벌레도 내 부처님이오.
공주	오, 내 사랑! 사랑은 내 양식이요, 사랑은 내 잠자리, 사랑만이 나를 구원하네.
원효	난 천한 몸이오.
공주	내 사랑을 받아주오.
원효	고귀한 공주님! 사람을 잘못 보았소.

공주	그대의 목소리만 들어도 가슴이 뜨거워져, 사랑으로 꿈을 꾸고 사랑으로 날을 세며 사랑으로 목욕을 하는 나는 가련한 여인이라오. 그대의 따뜻한 손길이 온 몸에 묻어 있는 그대의 여인이라오.
원효	난 거지들의 종이라오. 세상의 거름이요, 똥 바가지요.
공주	사랑의 길을 따라온 길이 몇천 리던가.
원효	나는 걸뱅이요!
공주	내 사랑이여! 그대를 따라 물 건너 삼천리 산 너머 육천 리 사랑의 실타래 풀리는 대로 따라 왔다오.
시녀	공주님의 사랑을 받아주소서!
공주	죽음보다 깊은 사랑!
원효	나는 보살도 아니고 사랑도 모르는 떠돌이라오. 옴 살바 못자 모지 사다야 스바하(죄를 뉘우치는 진언)

원효가 팔을 벌리자 밧줄이 끊어진다. 이에 모두들 놀란다.
옴 살바 못자 모지 사다야 스바하를 외며 원효는 합장한 채 탑을 돈다. 탑을 중심으로 원효의 위로 빛이 비친다. 목탁소리도 들린다. 이 때 커다란 괘불이 위에서 밑으로 내려뜨려 진다.

대안   옴 살바 못자 모지 사다야 스바하

공주   옴 살바 못자 모지 사다야 스바하

상좌   너희도 따라하라!

거지왕 · 도둑왕 옴 살바 못자 모지 사다야 스바하

공주   (무릎을 꿇고 원효에게 합장한다) 오, 위대한 사랑의
화신이여!

원효   차별 없는 평등의 빛이여!

거지왕 · 도둑왕 (무릎 꿇고) 차별 없는 평등의 빛이여!

대안   (무릎 꿇고) 말법시대에 삼독[19]을 멸하고 삼악도를
깨도다.

원효의 아리아

　　　세상은 모두가 사랑이요

　　　아침에 뜨는 해도 밤에 뜨는 별도 사랑이 없으면

　　　빛을 잃는다네

　　　사랑의 불을 피우는 그대여

---

19) 불교에서 깨달음에 장애가 되는 근본적인 세 가지의 번뇌. 즉, 탐욕 · 진에
(瞋:화냄) · 우치(愚癡:어리석음)

사랑이 수십 개라 하더라도

모든 사랑은 하나로 흐른다네

뜨거운 몸에서 이는 사랑이나

가슴속에 묻어둔 사랑이나

파도와 같은 사랑이나

풀잎 같은 사랑이나

하늘에 철선을 띄울 수 있어야

영원하리

코러스　　아제아제 바라아제 바라승아제 보리 사바하 (반야
　　　　　심경을 읊어도 무방하다)

《반야심경》이 코러스로 나오는 동안 공주가 승무를 춘다. 풍경소리와
종소리, 북소리가 울린다. (춤이 5분 정도 계속되어도 무방하다) 모든
이들이 탑을 돌며 반야심경을 왼다. 원효는 혼자서 2층으로 올라간다.
모두 올라가는 그를 향해 합장한다.

원효　　(2층 난간에 서서) 지혜를 끊어라.

합창　　지혜가 없어야

원효	마음도 없고
합창	사랑은 영원하리.
원효	어떤 무기도 마음을 부술 수 없다.
합창	원수는 원수를 낳고
원효	죽음은 죽음으로 이어진다.
합창	옴 마니! (어둠 – 빛 반복)
원효	마음이 어두우면 귀신이라.
합창	어둠은 핏빛이라.
합창	빛을 주소서!
원효	마음은 헛된 것
합창	마음은 물과 같으니
합창	헛되고 헛되도다!

어두워졌다가 불이 다시 켜지며 2층에 있는 원효 스님에게 빛이 난다.

모두들 2층을 향해 합장한다. (계단 위도 무방하다)

대안 스님의 아리아

대법왕이여!

들꽃은 혼자서 풍경을 아름답게 꾸미고

94 원효

기러기는 홀로 허공에 길을 내네

물은 저절로 흐르고

물고기는 물을 탓하지 않네

마음이 허공과 같으면

구멍 없는 피리를 불 수 있고

백척간두에서 발을 옮기리.

합창 나무관세음보살 나무관세음보살 나무관세음보살

(계속. 혹은 반야심경을 외어도 된다)

고요해지고 공주의 느린 승무만이 이어지면서 막이 닫힌다. (승무를
한 5분 정도 춰도 무방하다)

幕